燃える花

沢本ひろみ
SAWAMOTO Hiromi

文芸社

目次

黎明

自然

心の目いつか開きて見回せば花もかがやく草もかがやく

俄然としてうつくしきもののただ中に在りしこと知るわが十五、六

探さずとも旅をせずとも道を行けば萌ゆる草あり　心満ち足る

触れんとして指ためらひぬ　道の辺の稚《をさな》きみどり　無垢過ぎる色

薄闇に溶ける紫　大根の花にも恋ひて夕暮れを行く

菜の花の黄と大根の紫に桜散りくるぜいたくな春

葉桜は夕づく色も清らかに溶け入りたしとあくがれさせる

大輪の紫つつじ陽を孕《はら》み枝に揺らめく　果実のやうに

花も葉もたわわに付きてしなひたる五月の枝よ　過ぎ難き道

うつすらと白ににほへる紅《くれなゐ》の妙に震へぬ　バラを覗きて

水あさぎ　豊かに咲ける紫陽花の小花の端も作り得ぬもの

花々に通ふもの持つダンサーの若き肢体をため息に見る

白花《しらはな》と緑清《さや》かな木槿《むくげ》ありて夏空の青ますます青し

紫の雲一片《ひとひら》も再びは返らぬものと仰ぐ夕空

音楽

ロシア展　絶えず流れるチャイコフスキーにあまたの名画も目に映るのみ

呆れ顔の先生の視線　恍惚とショパンに浸り講義も忘る

衝撃に似た歓びの洗礼をチャイコフスキーはわれに授ける

酔《ゑ》ふばかり　語る言葉も持ち得ざるラフマニノフの音楽の時

一瞬の静止の後に怒濤のテーマ砕けてわれはまるごとさらはる

耳慣れしモーツアルトの練習曲に潜む音楽しだいに聴き取る

譜を指で追ふのみならずシューベルトを初めて少し「演奏」したり

人前で弾けば言ふこと聞かぬ指　稽古帰りは少しうつむく

文学

教科書で出会つた言葉の魔術師達　晶子　牧水　啄木　白秋

五　七　五　七　七　の持つ魔の力　晶子杖振り自在にあやつる

心より言葉生まれて自《おのづか》ら立つ光太郎詩集のページ

生きん生きんと心の鼓動打ち止まず※「人類の泉」読む時はいつも

※「人類の泉」＝『智恵子抄』（高村光太郎）の中の詩

※「レモン哀歌」の一語一語は哀しみと愛の重さで胸にしたたる

※「レモン哀歌」＝『智恵子抄』（高村光太郎）の中の詩

「狭き門」「郷愁」※「ウェルテル」人生と恋の香気をわれにくゆらす
※「ウェルテル」＝『若きウェルテルの悩み』（ゲーテ）

苦悩する※アンナ・カレニナ、※ジェイン・エアをむしろ羨《うらや》みページ繰る頃
※「アンナ・カレニナ」＝『アンナ・カレニナ』（トルストイ）の主人公
※「ジェイン・エア」＝『ジェイン・エア』（シャーロット・ブロンテ）の主人公

幾度《いくたび》も想ひ駆けりて眺めたるヒースの荒野※ハワースの村
※「ハワースの村」＝『嵐が丘』『ジェイン・エア』の作者であるブロンテ姉妹の生地

日本舞踊

幼時より手ほどき受けし日本舞踊に真向《まむ》きになりしも十代半ば

稽古場で流れるやうな師の舞に見とれることは誰にも勝る

よく踊ろうと心がければ日常の姿勢、歩みも自《おのづ》と正さる

少しずつ自分の体で踊ること知りゆく夏の　帯に染む汗

蛇《じや》になるも地獄の責め苦も恋ゆゑの「道成寺」「鷺娘」二十歳《はたち》を魅する

身を尽くし心尽くして踊りたしと「鷺娘」見るたび小さな焔《ほむら》

房総にて

新しきわが目に海を映さんと勇んで出立　房総目指し

車窓には曇り日の海　鈍色《にびいろ》の波にも心は「海だ！」「海だ！」と

すべりがちな足を励まし岩肌を伝ひぬ　砕ける波に触れんと

海原を見て波を聞きしぶき浴び刻々われは海と出会ひぬ

わが五感通して知りし海なれば海を詠《うた》ふはわれ詠ふこと

蓼科にて

足元を野の花かすめゆるやかにリフトは行きぬ　高原の夏を

リフトより翔んで両手で抱きたしと青葉の樹々に込み上げるもの

ふと夏のみどりに透きて重なれる少年のやうな詩人の面輪《おもわ》

早世の詩人を偲び愛されし野山に空に瞳を放つ

諸々

虫けらのやうに這ひずる時もある人類の持つ音楽　詩歌

この曲がこの詩が好きと思ふ度　自分を見つける自分が生まれる

あふれる思ひ注ぐ器が見つからず満ち足りつつもの足りぬ頃

友

息切らせ振り向きてわれにクラス問ふ　薄茶の瞳　陽に透けるひとみ

砂混じる風に居並び頬硬き新入生の一人と一人

内気の殻少し破りて漫画のうんちく開陳したのち話弾みぬ

「落語みたい」と洩れ聞く級友《とも》も失笑の言葉交はして朝の通学

道端も植木畑もおしやべり場　学校帰りの足に根が生え

佳い花を「私！」と指して笑ひ合ふ　白バラの垣根　五月の少女ら

「人間から生まれたの？」と親のこと言ふ妖精のやうな少女に思ふ

「こんにちは！」友の声して駆け行けば小さな太陽ドアより覗く

二人して「楽興の時」よどみなく友弾き進めわれは汗かく

とびきりのごちそうのやうに訪ねられ訪ねて過ごす時を味はふ

海の家　あまり笑ひてはかどらぬ皿洗ひせし台所もあり

ワンピースはひまわりの色　夏の海と友の笑顔によく似合つてる

遠浅の海辺の水は温かし　浮き輪のわれと魚めく友

枕並べ更くるも忘れ語り合ふ二階の部屋よ　空はまたたく

胸割りし会話は言葉実らせて生のステップ一つ上がる夜

ほしいまま火の花開く海の上　ドンと言ふ度友は声上ぐ

初恋

―初夏の陽―

足たゆき和服のわれを振り返りまた振り返る長身の人

眠られず白む夜を見ぬ　初めての思ひに心あまり昂ぶり

帰ればすぐ目を走らせる玄関に君の靴なく四月ただ過ぎ

新しいワンピースの裾フワフワと行きて終日君と出会へず

さらさらと五月のみどりさやめきてわれは翔《かけ》りぬ　君待つもとへ

初夏の陽よ　新しき世に入《い》るごとき思ひに君と歩みし道よ

夏青葉　年は二十四二十一　向かひ合ひたる喫茶煌《きら》めく

下宿住まひ　郷里　好みの詩人など一つ知る度一歩近づく

車窓には重なる若葉　ふと君に吸ひ寄せられて胸ただならず

同じ名を聞けば胸鳴り人波を縫ひてよく似た背格好追ひ

慣れぬ下駄カラコロ鳴らし訪ね行く　君のゐる街　七夕の街

細帯も鼻緒も朱色　あやめ模様の白地まとひて差し入れ持ちて

星合《ほしあひ》や　待ち待ちし人の姿見てむしろ逃げたき二十一歳

差し入れをやっと渡して笑顔見て少し目に入《い》る七夕飾り

「行きたい」と「一緒に」とのどまで込み上げる言葉出《い》だせず別々の夜半《よは》

肩並べ秩父夜祭り見る時を　喪った時を一人悼みぬ

顔もろくに見られなかつた初恋よ　スナップの笑顔見つつ微苦笑

ヨーロッパ旅行

パリ

初めての欧州旅行　初搭乗　朝の光の空港を行く

ジャンボジェットの横一列は二十余人　中ほどのわれにああ窓は遠し

足は地に着くべきものと乗って知る　後の祭りの高度五千メートル

フライトは十七時間　よろけつつ降り立ちてパリの燿《かがや》きを見る

十九世紀の建物　粋《いき》なブランド街　セーヌブローニュ　仲良く同居

とびぬけてノートルダムのうるはしさ　意匠凝《こ》らされ細部に及ぶ

大いなる白バラ空《くう》に咲くごとし　ノートルダムの後ろ姿は

パリの人の心の中に一つずつ静かに立つてゐるノートルダム

入場待ちの行列から湧く「オーソレミオ」　南国の風ベルサイユに吹く

郵便はがき

料金受取人払郵便

新宿局承認

2524

差出有効期間
2025年3月
31日まで
(切手不要)

1 6 0-8 7 9 1

141

東京都新宿区新宿1－10－1
(株)文芸社
愛読者カード係 行

お名前《ふりがな》			明治 大正 昭和 平成 年生 歳
ご住所《ふりがな》	□□□-□□□□		性別 男・女
お電話番号	(書籍ご注文の際に必要です)	ご職業	
E-mail			
ご購読雑誌(複数可)		ご購読新聞	新聞

最近読んでおもしろかった本や今後、とりあげてほしいテーマをお教えください。

ご自分の研究成果や経験、お考え等を出版してみたいというお気持ちはありますか。

ある　ない　内容・テーマ(　　)

現在完成した作品をお持ちですか。

ある　ない　ジャンル・原稿量(　　)

<table>
<tr><td>書　名</td><td colspan="4"></td></tr>
<tr><td rowspan="2">お買上
書　店</td><td rowspan="2">都道
府県</td><td rowspan="2">市区
郡</td><td>書店名</td><td>書店</td></tr>
<tr><td>ご購入日</td><td>年　　月　　日</td></tr>
</table>

本書をどこでお知りになりましたか?

1.書店店頭　2.知人にすすめられて　3.インターネット(サイト名　　　　　)

4.DMハガキ　5.広告、記事を見て(新聞、雑誌名　　　　　)

上の質問に関連して、ご購入の決め手となったのは?

1.タイトル　2.著者　3.内容　4.カバーデザイン　5.帯

その他ご自由にお書きください。

(　　　　　)

本書についてのご意見、ご感想をお聞かせください。

①内容について

②カバー、タイトル、帯について

弊社Webサイトからもご意見、ご感想をお寄せいただけます。

ご協力ありがとうございました。

※お寄せいただいたご意見、ご感想は新聞広告等で匿名にて使わせていただくことがあります。

※お客様の個人情報は、小社からの連絡のみに使用します。社外に提供することは一切ありません。

■書籍のご注文は、お近くの書店または、ブックサービス(0120-29-9625)、セブンネットショッピング(http://7net.omni7.jp/)にお申し込み下さい。

青空を背に宮殿は盛り上がる夏の雲なり　ゲートをくぐる

ダイヤモンドの内部のやうな「鏡の間」百花ひしめく舞踏会想ふ

白絹に金糸銀糸も惜しげなき部屋に佳人は長く住まはず

コーヒーと陽光どちらも大好物？　パリっ子街路のカフェに憩へる

メニューにらみ指さし注文お勘定　無事にカフェ出て大事業成る

八月のパリに少なきパリの人　アメリカ人に道を尋ねる

何時間も脇を歩いた宮殿のやうな建物こそがルーブル

グラナダ

「グラナダ」と誰か指さす　やはらかに煙る灯《ひ》の街　明日は訪《と》ふ街

ふくよかな肢体うねらせ迫りくる本場のダンサー　眉黒々と

依りて生きるスペインの大地撫《ぶ》するごと足踏み鳴らしまた踏み鳴らす

若枝のやうな少年よく踊り喝采の中バラ色に笑む

脚一つなき男《ひと》白き髪乱しアコーディオンを長く弾きたり

身の内のやり場なきものかき鳴らし歌ひすさびてタブラオの夜

陽の下《もと》に黄褐色は広がりぬ　小《ち》さきわれアルハンブラに入《い》る

近づけば近づくほどに細片の海豊かなり　宮殿の壁

丸天井を覆ふモザイク　気も遠くなる年月と根気と技と

宝石箱のやうな宮殿　分け入れば噴水　白亜　黄金《きん》の庭あり

最上の美は最奥《さいおう》に包み込むアルハンブラにアジア息づく

アテネ

記念写真　表情変へぬ衛兵さんと並んで立つ人皆照れ笑ひ

パルテノン　真白き円柱根元よりずつと見上げて首痛くなる

アテネではこちらが西か　日脚伸びパルテノンにわれに夕風

一日を二千余歳に加えつつパルテノン今日の夕日に染まる

シエスタあり　夏休み三月《みつき》　驚きて驚き直すわれらの勤勉

悠久の時の遺物の見学もギチギチ時程の中に詰め込む

ドイツ

森を行くバスで国境越えること不思議に思ふ島国の民

恐る恐る触れたる馬の温かさ　病む旅人の掌《てのひら》に沁む

一隅に病むわれも乗せ小さき馬車トコトコ行きぬ　異国の町を

※ルードヴィヒの夢の賜《たまもの》　※白鳥の城はヒラリと崖に舞ひ立つ

※「ルードヴィヒ」＝バイエルン国王ルードヴィヒ二世。ワーグナーの歌劇に心酔しノイシュヴァンシュタイン城を作った

※「白鳥の城」＝ノイシュヴァンシュタイン城

ラブレターのやうな城なり　山腹に煌めきて騎士の降臨を待つ

主《あるじ》なき年月積もる王の間の絵の中に立つ※ローエングリン

※「ローエングリン」＝ワーグナーの歌劇「ローエングリン」に登場する聖杯の騎士

高みなる窓より見れば森の国　緑覆へる起伏果てなし

巻き髪もフリルも踊る人形に女雛男雛のしづけさ想ふ

異国知り帰れば自国を再発見　二つ大きな旅行の土産

京の旅

新幹線の窓より富士は見ゆるかと旅の初めの母のワクワク

定宿《ぢやうやど》は三条橋詰め窓開《あ》ければ　緑濃き山　賀茂川の風

延暦寺を問へばこの山全てとふ　目からうろこの京の学び始め

叡山は巨《おほ》き根と知る　新仏教の開祖ことごとこの地に学ぶ

千年の法灯守る御堂《みだう》より帰る道々子猿遊べり

※女院《によういん》の御寺《みてら》を訪《と》へば青楓　枝細《ほそ》やかに門口に立つ

※「女院の御寺」＝寂光院

ひと部屋を占めて大なる地蔵尊　女院の母の心を想ふ

揺るぎなき常盤木《ときはぎ》の幹厚き苔　青蓮院《しやうれんゐん》の門前に立つ

幽閉の親王《みこ》の形見の品々を眺めて夏の日盛りに出づ

車窓より街の狭間《はざま》に見し※塔の雑を払ひし御庭の姿

※「塔」＝東寺の五重の塔

講堂は立体※曼荼羅《まんだら》　壇上にひしめく諸仏今にも動く

※「曼荼羅」＝仏教的宇宙観を表現した図

そびゆる生垣向月台《かうげつだい》に銀沙灘《ぎんしやだん》　銀ならねどもただならぬ寺

三千院　みどり沁み入るお庭を行けば阿弥陀堂なり　静かに入《はひ》る

※大和坐《ずわ》りの　観音　勢至　身を低く祈る姿のうつくしきかな

※大和坐り＝少し膝を開き、上半身を前屈みにして座る姿。往生者を迎える一瞬の姿と言われる

貴船川　式部の蛍見えねども川床ゆかし　焼き立ての鮎

せせらぎやメロンつまみて微笑《ほほゑ》める母の顔にも木漏れ日揺れて

柔らかく柔らか過ぎぬ鍋豆腐　貴船の地にも洛中の技《わざ》

川べりも橋も埋《うづ》める京人の見守る中に最初の炎

一つの寺院訪ぬるだけで無念なる一人を知りぬ　燃えよ大文字

大文字見る誰彼の胸底に生きとし生けるものへの「あはれ」

数知れぬ人の生死を想ひつる夏の夜《よ》　いつかわが身を思ふ

古《いにしへ》の貴人の白き指想ふ　四条老舗《しにせ》の※蝙蝠《かはほり》を見つ

※「蝙蝠」＝「蝙蝠扇」の略。「蝙蝠扇」は片面だけ紙を張った扇。扇子より骨の数が少ない。
平安期の貴族などが用いた

一つ川を二つ名に分け月渡る橋は横たふ　山に目守《まも》られ

林中に身を潜めたる小《ち》さき社寺　古《いにしへ》負ひつ今に息づく

たをやかに花々の枝差し交はす萩のかなたに二尊おはせり

軒借りて過ぐるを待ちぬ時の雨　嵯峨の紅葉は濡れまさりつつ

にこやかに母は写真に納まりぬ　紅一色《あかひといろ》の常寂光寺

※通天橋　半ば辺りに見下ろせば紅の海に浮く心地して

※「通天橋」＝東福寺の本堂と開山堂を結ぶ橋廊。紅葉の名所

薄闇におびただしくも立ちたまふ観世音かな　皆黙《もだ》しつつ

横長の※御堂《みだう》に運ぶ足ひそか　千一体の気配畏《かしこ》み

※「御堂」＝三十三間堂

千一のお貌《かほ》に同じほのかな光　吸はれるやうに現《うつつ》薄らぐ

花見小路　鰻の寝床のほの暗き内に幾人《いくたり》舞姫潜む

かんざしの細工漬物一片も侮り難し　都のものは

池泉《ちせん》回遊　池泉舟遊《しゅういう》　枯山水　京の庭巡りひと勉強なり

朝な朝な砂整ふる僧侶らのいそしみありて常なり　石庭

刑場なりし河原に殉難碑の道に現在《いま》の人等の常の足取り

千年のにぎはひの地に一隅もなし　人の生死に関はらざるは

自らの国知らざりしことを知る京の旅なり　またも訪ねん

恋

——触れられぬ背——

音のないチャペルが空に鳴る道を身軽《みがろ》く帰る　君と話して

冠の見えぬ王様　若けれど君はいつでも一目おかれる

小さな用事いつも心で探してる　今日も一言話しかけるため

愛想笑ひはにかみするりと抜け落ちてあなたとだけは素顔で話せる

「好きです」と心に言葉満たしつつ生徒や授業のことなど話す

わが中の至高のものなる音楽と座を争ひし大物　あなた

生真面目な英語科教師　ある時は文化祭限定のバイオリン奏者

「これだけはぜひ」とあなたの弾く頃に音楽室の聴衆となる

なめらかなバイオリンの音《ね》に浸る午後「愛の挨拶」なんと良い曲

修旅引率　限界状況のわが日々をただ居るだけで君は支へる

君憩ふ夕べの喫茶　入口まで何度行つても足踏み出せず

空の旅　直前の席に君座り言葉交はせず顔も見られず

腕伸ばしそつと触れたき君の背に遂に触れられず　東京に着く

新緑の古都の空気を共に吸ふ遠足引率　空はまばゆく

自由時間　一緒に散策できたらと若葉の光惜しみつつ行く

目を向けねど君を思ひて点呼する太鼓橋なり　薫る夕風

青天の霹靂のやうな君の職替え　聞くより日々は駆けり始める

一目君を見たくて行つた歓送会で君の来られぬ事情だけ聞く

残業の君の職場は遠からず　灯の散る闇に気配をさがす

ぽつかりと穴開いたやうな会議室　いつもの席にあなたが居ない

人群れる校舎に白くうそ寒き風吹き抜ける　君去りしのち

若芽立つ柳はみどり　帰路に就く度にあなたの職場訪《と》ひたし

さつそうと自分の軌道行く人に何とか生きつつ恋をした日々

歌舞伎

鷺娘

降りしきる雪の水辺にあえかなる姿立ちたり　人か魔性か

町娘　姿華やぎ踊れども見え隠れしぬ　妄執の顔

衣反《かへ》り髪放たれしその刹那　娘の本性現れ出づる

恋心業火《ごふくわ》となりて地獄の責め苦　黒髪黒き炎となりぬ

恋ひ尽くし狂ひ尽くして身も弱り土に消え行く　雪片のごと

吉野山

爛漫の桜と美女と待つ中にそぞろ出でたり白面の武者

先に立ちあとに従ひ忠信《ただのぶ》は花に紛れて静《しづか》に添ひぬ

戯れに雛の形に立ちたれば　忠信　静　さながら相思

壇ノ浦語らんとすればたちまちに力みなぎり総身《そうみ》武士《もののふ》

眼《まなこ》より気合手走《たばし》る忠信の背後に　浦浪《うらなみ》物の具見えて

静行き残る忠信　ものの憑くやうに手足の動き妖しく

忠臣の面影消えて変化《へんげ》のきつね　跳びつ躍りつ花道を行く

梅川忠兵衛

白梅の裾模様なるそろひ着て梅川忠兵衛雪に立ちたり

雪を踏む素足の白さ男見る瞳《め》の憂はしさ　あはれ梅川

死に向かふ男女《なんにょ》の歩み　見る心痛ましめつつ一抹酔はす

紅葉狩

しとやかに※赤姫舞ひて注《つ》ぐ酒に貴公子不覚　眠り入りたり
※歌舞伎の芝居の中のお姫様。華やかな赤に花柄などの振袖で登場することが多いのでこう呼ばれる

貴公子の眠りを見るや形相《ぎやうさう》一変　侍女らを制す野太き「こぉれ！」

赤姫の裾を蹴立てて鬼女退場　深山《みやま》の紅葉ざわざわと鳴る

疾風《かぜ》のごと山神出現　踏み鳴らす足音《あおと》に貴公子にはかに目覚む

長毛に隈取りすごく正体現す鬼女と武士《もののふ》　一場《いちぢやう》の修羅

鬼女討たれ跡形もなく錦秋の山静かなり　何事もなし

船弁慶

能仕立ての衣装に心包みつつにじむ愁ひを静舞ひたり

一色《ひといろ》の白銀まとひ花道に名乗る知盛　品位高かり

黒髪をなびかせ御霊《みたま》知盛卿　振るふ長刀怨《なぎなたをん》浅からず

弁慶の祈り手ごはく消え行きし知盛　後に漂へるもの

市川海老蔵丈

檜舞台を踏み轟《とどろ》かし襲名の弁慶　富樫《とがし》に一歩も引かず

らんらんの眼《まなこ》と上ぐる大音声《だいおんじやう》　富樫も二千の観客も呑む

三番叟《さんばそう》　闇より出づる白塗りの身の毛立つほどうつくしき貌《かほ》

歌舞伎見物

小春日の銀座四丁目　母と食《は》む白焼きのうなぎ和栗モンブラン

母好みの一階一列　幕上がれば役者居並みてこちらが目伏せる

汗まで見える席でひいきの役者さんに一方通行の親しみ深める

母

さがす手間要らぬ母なり　腕を振り満面の笑顔　時に「ひろみちゃん！」

幼時より見やう見まねで踊りたる母の晴れ舞台　嘆声漏れる

脚光と視線を吸つて艶を増す名花　ふだんはキッチンに咲く

若い頃のあだ名を母に尋ねれば「椿姫よ」とさらりと答ふ

女優よりもつと女優に見えた母のドラマ見ながら洩らすため息

七十歳過ぎて一つのシミもない母の手「病気」と折々からかふ

小柄でも目線は上の母の子のヒョロ長いけど伏目の私

連れ立っていつもあちこち歩いてた　性格体型凸凹母娘《でこぼこおやこ》

しらす干し青菜に卵　母と二人でおしゃべりしながらテレビ見ながら

採用の報を告げれば笑み崩れる母よ　小躍りしさうな体

酔つ払い一人でなだめ三十分　七十歳《しちじゆう》の母は子を守らんと

五十余年ただの一度も忘れなかつた子の誕生日　「母」だつた母

母のもの一枚畳み思ふこと　母はどれほど畳んでくれたか

デパートなんて庭だつたのに「もう無理」と母の言葉に胸を衝かれる

予約した襲名公演一等席に母は座れず　足の弱りて

外出好きの母少しずつ家居増え手足もがれたやうな顔色

替え難きたつた一人と不意に思ふ　カート引き来る小さな姿に

うれし気にわれをみとめて笑む母の笑みの愛《かな》しさ　午後の日白く

夏の朝晴天の朝何もかもまばゆかつた朝　母倒れてた

明るいのが好きだつた母　逝つた朝は部屋いつぱいの七月の光

救急救命室で

動かざる言はざる骸《から》に「ちがうんです」「母はこんなじや…！」声込み上げる

帰りたい　何とか昨日に帰りたい　母逝きし日に血を吐くやうに

母去《い》にしとたんにわが身の頼りなさ　主《ぬし》なき凧《たこ》のやうに浮遊す

焼場で
聞かぬ日とてなかつた声のよみがへり涙目反《そ》らす　喉の骨から

人はみな死ぬべきものと知りつつも天変地異のやうな母の死

「出たわよ」とお風呂上がりに声かけても遺影のガラスだけが光つて

玄関にキッチンの椅子にありありと見えつつ母はどこにもゐない

なぜか母「撮つて」と買つた小さなカメラ　なぜ撮らなかつたか！　小さなカメラ

逝つた母に呼びかけ続けた二つの言葉届いているか「ごめんね」「ありがとう」

温かく柔らかかつた母の体ふと思ひ出す　電車で　ベンチで

「買つて上げる」亡き母の声聞きながら匂ひ良きパイの店先過ぎる

母抜けて自然解体「ままアンドみみ」生まれて以来の私のチーム

母とだけ使つた言葉　母にのみ現れた私　母と共に逝く

愛

――燃える花――

新しい職場のひと月　ある夜ふと胸中に棲む君を見つける

君のエキス少し入れたら私の中に起きてしまった化学変化

常に聞く合唱の声に常ならぬ泣きたき思ひ　みどりさやぎて

一日に一度は言葉交はさねば帰れぬことの慣らひとなりて

笑顔見て出づれば小バラヒメジョオンエノコロ草も陽に微笑みぬ

二人だけで話し込む後しばらくは席も動けず　暖かな夜気

昨日の笑顔取り返すやうに表情《かほ》硬き君に仕事も手につかぬ朝

初夏の日も晩秋のやうにわびしくて肩落とし帰る　君のつらさに

こぼれ落ちる淡き光よ　夕月も路上の憂ひ慰め得ざる

響き良き声の波来てひと時は片恋の身も君に包まる

夕さればふうわり揺れる提灯の桃色触れぬ　人思《も》ふ胸に

君思ふ時の一ミリ一ミリをいとほしみつつ夕べ座れる

生きてゐる愛してゐると拍《う》つ胸に若からぬ身のおののき止まず

夏空と青葉を眺むひと時もわれは充《み》ちたり　君を宿して

「それでは」と職場去り行く後ろ姿　足からうじて床に留める

取り付けたメール約束　それだけが心の底の希望の一縷《いちる》

織姫となりて七夕月《たなばたづき》を待つ　あなたと逢える唯一の月を

遂に君来たりて二人入《い》る喫茶　現《うつつ》ならざる時間《とき》が始まる

そそくさと席立ち上がる君を追ひ駅まで送る　色の無い空

来てゐないと覚悟かためて着信を見て来てゐないことにひしがる

現在進行でつれなさ見つつ知らされつじりじり猛暑の日々にまだ待つ

必要とされずされども忘られず　心の虚《うろ》を風吹き抜ける

いつになくメール長くて「多摩丘陵見せてあげたい」夏の夜の夢？

知り合ひを見かけて二人急ぎ足　落ち葉並木を浮き浮き逃げる

「鎌倉」とふと声にすれば「行きたい」と話まとまる　夢の続きか

紙のやうに真つ白な顔が鏡に映つたあの日は君の不調を聞いた日

進まない時間《とき》の世界で脂汗　検査結果のメール待ちつつ

平穏に家々並みて陽の当たる常の世の中　「異常なし」知り

長谷の駅　君待つわれの後ろからヒョッと顔出す目が笑つてる

連れ立ちて歩く鎌倉　何も目に入《い》らぬ私に「信号見ないの？」

たまりかねて抱くやうに抱く君の腕　冬の海辺に二人立ちつつ

君の胸を知つて見る空　墨色の雲薄らぎて光にじめる

一閃《いっせん》の陽光走る空と海の大いさの中に君も私も

震えつき来さうな寒さもものならず　手つなぎ歩く海沿ひの道

熱い眼を交はして後に帰途に就く　羽はないけどまるきり蝶々

薄い布音なく落ちて世の中の見え方変はる　君と逢ふのち

前の職場を「二人が出会つた場所」として思ひ出す君　若葉艶めく

ふと君の顔近づきて柔らかき唇《くち》と唇《くち》なり　夜の紛れに

くちなしの香りの闇に駐車して降りる間際の二人の時間

チャンス狙う君を知りつつケーキに破顔　たちまちスマホアルバムに入《い》る

「こんなのもあるよ」とケーキの苺の脇に立てて灯してくれたローソク

カギかけて耳にしまひぬ　バースデーソング歌ってくれた小さな声を

カーテン引いて二人はもつと二人きり　距離が縮まり距離がなくなる

ほの白き塊となりて睦み合ふ　獣めく時　天上の時

何物か産みたるやうに充ち足りて薄ら明かりに二人横たふ

光の環いつしか消えて地を歩き私に触れるあなたは人間

「ごめんね」とたつた四文字《よ》が打てなくて延々君は写メくれ続ける

欠点もぬくもりも持つ「人間」のあなたをまるごと胸に迎へる

サプライズの和服で行けるかたはらに寄り添ふ君の体の熱さ

「紫陽花の花のやうだ」と耳元でささやく声に燃える花となる

古《いにしへ》と今は変はりて変はらざり　逢瀬の後は後朝《きぬぎぬ》のメール

君のことば削除できずに溜め続けた小さな携帯軽くて重い

後書き

私が短歌に心を惹かれたのは、高校生の時です。現代文の授業で近代の短歌を学習し、その時初めて与謝野晶子や若山牧水、石川啄木などの歌と出合いました。目を瞠るような思いで読んだのをよく覚えています。五七五七七という制限された枠組みの中に自分の思いを自由自在に表現する手際に感じ入り、同時に歌がその小さな姿の中に秘めている豊かな世界に魅了されました。

同じ頃に詩や小説にも目が啓き、様々な文学に親しんで過ごす内に、少しずつ歌を作り始めたのは、自然な成り行きであったかもしれません。

けれども社会人になると状況が変わりました。多忙と疲労に心身の不調が加わり、何事にも前向きに取り組みにくく、短歌を作ることも途絶えがちになってしまいました。

三十余年の歳月が過ぎ、社会人として一段落し、心身の状態もかなり改善された頃、ふと作り始めた短歌にそれまでにない手ごたえを感じて没入し、気が付いたら何十首かの短歌を作っていました。何かが堰を切ったようにあふれ、引き続き自分のこれまでの人生の中の出来事を次々と歌にしてゆく内に、いつしか何百首かの短歌が生まれて……。その時、あたかも腕の中に産み落としたばかりの我が子を抱いたような気分になりました。同時に気づいたのです。自分の中には何らかの形にして表現したいものが、若い日からずっとひしめいていたのに、それをはっきりと自覚せぬままこれまで来てしまったのだと。自然や文学、音楽への感動に浸り幸福感に包まれつつ、心の底にじりじりと炒られるようなもどかしさも感じていた若い日々を、私はまざまざと思い起こしました。

この歌集の歌はそのような経緯で生まれました。そして不思議なもので、たとえ拙いものでも一抱えの作品を持った時、それをほかの方々にも読んで頂きたいという願いが生じたのです。まるで作品自体が、日の当たる所へ出ることを欲しているように。

けれども、その願いをかなえるためにはどうしたらよいのか、見当もつかなかった私は、まず短歌誌や新聞の歌壇、テレビの短歌教室など、身近なところから現代の短歌に接し始めました。思い切ってある短歌会にも入会しました。が、現代の歌を知れば知るほど、困惑が深まります。現代の歌と自分の歌がかなり違うことを痛感せざるを得なかったからです。

「写生」「写実」「日常詠」「生活詠」というような言葉は私も聞き知っていました。それが長い間短歌の主流となって来たということも。ただ実際にたくさんの歌に接してみて、その精神が本当に広く深く浸み渡り、ほとんどの歌がその精神に則って詠まれていることに驚きました。

日常の流れをさりげなくひとさじ掬い取ったような歌。一首一首に、ささやかだけれど確かな詠み手の人生の重みが感じられるような……、そういう歌の良さは私にもわかります。ただ、現代の歌はことごとく写実的な日常詠でなくてはならないのか。それ以外の歌は受け入れられないのか。私は悩みました。

そんな私の中に、かつて心を躍らせて読んだ明治の歌人達の歌が甦りました。「哀しい」「さびしい」「恋しい」等の語をためらわずに用い、時には自分の感情をたたきつけるように直截に表現した歌。分かり易く、誰の心も揺さぶった歌の数々。またジョークや言葉遊びのようなことも楽しみ、ふと浮かんだ考えや、時には深遠な「真理」もこだわらず題材にした古人の歌も想いました。

古い歌は古い時代の中で光を放ったもの、現代には現代の歌がある、というのが普通の、そしておそらくは妥当な考え方なのでしょう。それでも、私達の生きる時の背後に豊かに波打っている歌の世界……多彩な人々が、自由に個性的に詠んだ歌の世界は、私に小さな勇気をくれました。

私の歌は時代遅れかもしれません。新味に乏しく創造性が足りないかもしれません。ただ、自分の切実な思いや体験を自分らしく自由に言葉にしたものであることだけは間違いありません。

最後に、私の歌集を手に取って下さった方、私の拙い歌を少しでも読んで下さった方、そしてもしたくさん読んで下さった方がいらしたら、心からお礼を申し上げたいと思います。ありがとうございました。

また、出版に当たって、まるで素人の私を励まし、多岐にわたってアドバイスを下さった文芸社の方々にも、本当に感謝しております。お世話になりました。

二〇二三年八月

沢本ひろみ

著者プロフィール

沢本 ひろみ（さわもと ひろみ）

本名・宮崎裕巳。東京都出身。早稲田大学教育学部卒業。
都立高校の国語科教師として長年勤務し、後、私立高校でも教鞭を執る。
2021年11月より「塔」短歌会に所属。東京都在住。

燃える花

2023年11月15日　初版第1刷発行

著　者　沢本 ひろみ
発行者　瓜谷 綱延
発行所　株式会社文芸社
〒160-0022　東京都新宿区新宿1－10－1
電話　03-5369-3060（代表）
03-5369-2299（販売）

印刷所　神谷印刷株式会社

ISBN978-4-286-24689-5